献礼中国共产党百年华诞

XIN ZHONG DE GE

心中的歌

张振江·著

山东城市出版传媒集团·济南出版社

序

心声献给党　放歌新时代

中国共产党迎来百年华诞，中国特色社会主义阔步奋进新时代，神州大地千帆竞发，亿万人民激情澎湃。面对这样一个伟大的时代，张振江同志的诗集《心中的歌》出版发行，堪称应运而生的献礼佳作。

高歌新时代，赞颂新成就，是这部诗集的鲜明特色。共产党带领中国人民奋斗百年路，谱写新辉煌，创造出人间奇迹。如何用诗歌的形式，唱时代风采，抒大情大爱，需要政治洞察和艺术手法的双重功力。这部诗集集中“时代颂歌”“使命畅想”“初心壮志”“神州如画”等篇章，表达对党忠诚的坚定信仰，赞颂脱贫攻坚的历史成就，倾吐人民群众对美好生活的向往，展示生态环保的美丽画卷，再现万众一心抗击疫情的伟大胜利，主题好，取材精，视野阔。这是对党的领导的倾情讴歌，对大政方针的诗意诠释，对建设成就的形象描述，显示了作者把握重大题材、展开政治抒情的厚实底蕴。

不忘初心，牢记使命，是新时代共产党人的庄严宣誓，也是这部诗集的高亢旋律。作者把党的宗旨融入诗行辞赋之中。

从“初心壮志”等篇章中可以充分感受到，其赤子之心跃然纸上、奋斗之志炽热如火。张振江将自己乡村求学、军校淬火、海岛戍边、机关历练，以及在实践中摔打磨砺的思考体悟，汇入时代的巨流大势，从多层面多视角歌颂中国人民爱党信党跟党走而创造的神州巨变。诵读如此流畅丰满的诗篇，爱党之情油然而生，让人力量倍增、心怀壮阔。

崇尚英雄，热爱祖国，是这部诗集触动心灵的质朴情怀。张振江从学校进军营，从农村到城市，从基层走向机关的人生经历，奠定了他热爱祖国、崇尚英雄的思想根基，这在“使命畅想”“神州如画”部分中得到了很好的体现。正是因由这种深厚情怀，振江在工作实践中总能顺势而为，创造了一个个很有影响的佳绩成果，摘取了中国新闻奖一等奖、中宣部精神文明建设“五个一工程”奖，总结出一些在全局上产生良好反响的工作经验，宣扬了一批名扬全国的时代楷模……正是因由这种深厚情怀，张振江在生活中总是保持阳光、向上的人生态度，奋发进取的精神状态。于是，神圣的党旗、小康的美景、伟大的壮举，甚至是星辰大海、人间真情、沃土花蕾，都变成了他心中跳跃的诗行。

“一百年 / 初心如磐 / 一百年 / 栉风沐雨 / 一百年 / 苦难辉煌 / 一百年 / 扬眉吐气……”“捧着入党志愿书 / 我想 / 交上的不只是一份诺言 / 还有思考的大脑 / 跳动的心脏……”“这是

一次／气壮山河的阻击／这是一场全民皆兵的战‘疫’……这场战‘疫’举世瞩目／牵动战略全局／这场厮杀分秒必争／事关生死别离……”“雷锋啊／雷锋／老人们坚信／你没有走／扶老携幼的队伍里／分明有你忙碌的身影／孩子们坚信／你还活着／那爱不释手的课本里／有你春风般的笑容……”“今天／我们拥抱／一个崭新的时代／摆脱贫困／决胜小康／两个百年交汇／奋进的号角／正在吹响……”唱支心歌给党听，奋力启航新征程。新的时代，中华大地生机盎然，万众一心追梦圆梦。我们期盼，伟大的时代诞生更多“心中的歌”这样的雄壮旋律，奏出“众志成城心向党”这样的时代交响。

要想从振江澎湃的激情和优美的意境中受到思想启迪和艺术熏陶，就请静下心来，去阅读品味那跳动的诗行吧！

近期，我忙里偷闲通读振江的诗稿，有感而发，以此篇作为友谊的纪念，亦权且为序。

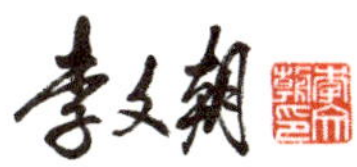

少将

国务院参事室中华诗词研究院顾问

中国作家协会诗歌委员会副主任

中国人民解放军电视中心原主任

目录

XINZHONGDEGE

目录

XINZHONGDEGE

第一章 时代颂歌

心中的歌

——献给中国共产党百年华诞

今天
我庄严地向着党旗
举起右手
像一代代共产党人
宣誓那样

今天
我虔诚地仰望
仰望着党旗
在时代的天空
闪亮

锤头，镰刀
砸碎了一个
旧的世界
让中华民族
挺直脊梁

锤头，镰刀

开辟出一条
阳光大道
让伟大的祖国
屹立在世界的
东方

那鲜艳的色彩啊
是用灵魂与生命铸就
那锤头镰刀的图案啊
是铮铮铁骨
闪闪发光

面向党旗
我看到了
南湖航行的红船
遵义神圣的会场
雪山草地英雄的队伍
延安窑洞不眠的灯光

面向党旗
我听到了
抗日救亡的号角
三大战役的炮响
渡江登岛的壮阔

抗美援朝的浩荡
面向党旗
我认识了
刘胡兰、赵一曼
不变的初心
焦裕禄、孔繁森
高大的形象
黄继光、董存瑞
钢铁的意志
雷锋、郭明义
火热的心肠

枪林弹雨之中
我是党员，跟我来
急难险阻面前
我是党员，我先上
这样的场景
壮怀激烈
这样的话语
耳熟能详

今天
我们拥抱
一个崭新的时代

摆脱贫困
决胜小康
两个百年交汇
奋进的号角
正在吹响

我们深知
前进的道路
绝不会一马平川
宏伟的事业
不可能易如反掌

我们坚信
有党的坚强领导
一定能再铸辉煌
我们要用锤头
砸开层峦叠嶂
我们要用镰刀

收获新的希望

岁月如梭
初心如磐
永远不能迷失
前行的路标
使命如山
时刻铭记
人民对美好生活的
向往

锤头镰刀的
旗帜啊
你汇聚了多少
忠诚的儿女
你创造了多少
世间的荣光

锤头镰刀的
旗帜啊
你还要引领
一个民族复兴的航程
你还要高奏
一曲大气磅礴的交响

人间奇迹

——致敬伟大的脱贫攻坚精神

我要
一千次
一万次地
高歌
我要
一千次
一万次地
敬礼
我要
一千次
一万次地
书写
我要
一千次
一万次地
致意

伟大的
中国共产党

带领人民

向贫困宣战

初心未改

壮志不移

就像当年攻坚时

所向披靡

伟大的

中国人民

追求幸福生活

汇聚磅礴伟力

万众一心

久久为功

重整河山

创造出人间奇迹

现行标准下

九千多万贫困人口

全部脱贫

喜讯如飞

八百多个贫困县全部摘帽

十二万贫困村全部出列

区域性整体贫困

得到解决

绝对贫困
没有了踪迹

谁都知道
小康
是众望所归的
美好憧憬
贫困
是人类社会的顽疾
脱贫攻坚
这是党中央治国理政的
战略布局
一个都不能落下
这是总书记
深情的话语

八个春秋
斗转星移
八年奋战
披荆斩棘
用啃硬骨头的劲头
破解难题
用钉钉子的精神
一鼓作气

立足中国国情
把握减贫规律
推出超常举措
构建政策体系
集中力量办大事
把锤头镰刀的旗帜
高高举起
走共同富裕的道路
凝心聚力
以人民为中心的思想
坚定不移

这场大战
上下同心同欲
这次行动
调遣精锐出击
务实创新
攻坚克难
不负人民
全心全意

伟大的政党
一定要把宗旨使命赓续
伟大的事业

一定能把伟大的精神孕育

攻坚之战

数百万扶贫干部

倾情尽力

一千八百多名英雄

汗水血水流尽最后一滴

党和人民不会忘记

共和国不会忘记

冲锋陷阵的队伍中

他们的身影高高挺立

决胜小康的事业里

他们的形象

化为血染的战旗

于是

大山深处机器轰鸣

滩区库区欢歌笑语

黄土高坡满目青翠

老少边穷新楼林立

几千年的不懈追求

几代人的圆梦之旅

如今变得

满目阳光

触手可及

一个不屈不挠的民族
困难面前
才会这样的
气壮山河
一个心系人民的政党
为了百姓的福祉
才会这样的
肝脑涂地

今天的中国百姓
人人神采飞扬
今天的华夏沃土
处处春风春雨
这是
中国共产党的光荣
这是中国人民的福气
这是亘古未有的气象
这是开创历史的壮举

大会堂上
经久不息的掌声
中南海里
一次次重要会议

聚焦同一个话题
朝第二个百年
奋勇进击
让人民群众的
获得感
幸福感
安全感
更加充实
更有保障
更可持续

因为，因为啊
我们任重道远
要肩扛新时代
人民群众
向往美好生活的
猎猎旌旗
因为，因为啊
我们正在筹划
全面建设社会主义
现代化国家的
宏图大计

一百年

初心如磐

一百年

栉风沐雨

一百年

苦难辉煌

一百年

扬眉吐气

我们还要

扯起地球上的

红飘带

我们还要

让民族复兴的伟业

壮丽无比

小康，小康

——写在决胜全面建成小康社会之际

像大地
呈现一派早春的景色
像黎明
升腾一轮蓬勃的朝阳
像雄鹰
拥抱一片辽阔的蓝天
像画家
描绘一个多彩的长廊

小康，小康
这是一份
神圣庄严的承诺
这是民众
对崭新生活的向往
民亦劳止
汔可小康
惠此中国
以绥四方
一百年建党大业

四十年改革开放

为丰衣足食汗洒沃土

为幸福美好蹈火赴汤

承诺把蓝图

变为鲜活的现实

一茬连着一茬干

跑了一棒又一棒

小康，小康

这是十四亿人民的追求

小康，小康

这是民族复兴的基础

经济发展又好又快

平衡均衡强中再强

创业创新迈开大步

文明和谐谱写华章

小康，小康

这是全面协调

可持续的

一部交响

五位一体

全领域覆盖

犹如擎天大厦

挺起四柱八梁
一个都不能少
一个都不能掉队
就像一曲
铿锵激越的合唱

决胜阶段
冲锋时刻
最硬的骨头要有人啃
最重的担子要勇于扛
化解重大风险
要有拨云见日的胆略
精准脱贫攻坚
要有经天纬地的气量
防治污染大战
要有壮士断腕的果断
叫青山吐翠
让绿水欢畅

人民领袖
把人民的冷暖疾苦
始终放在心上
边陲村寨的农家小院
高山大岭的古道热肠

一路风尘仆仆
一路挂肚牵肠
就像决战时排兵布阵
立下一道道军令状

亿万干部群众
牢记深情嘱托
感悟语重心长
向贫困发起总攻
决战的号角久久回荡
父老乡亲啊
横下一条心
拧成一股绳
激扬起
精卫填海的气概
汇聚成
愚公移山的力量

小康，小康
这是
彪炳千秋的大业
小康，小康
这是
千年不熄的梦想

今天的神州大地
机声隆隆
林茂粮丰
天蓝地绿
捷报飞翔
今天的华夏子孙
勤劳智慧
众志成城
心手相连
实力强壮
决战决胜小康社会
让民族复兴的旗帜高扬
这是一幅
感天动地的壮美画卷
这是一曲
亘古未有的时代畅想

绿水青山

——礼赞生态环保重大国策

从北疆的沃土
到岭南的山川
从广袤的西域
到连绵的海岸
变了，变得风清月明
变了，变得地绿天蓝
变了，变得日新月异
变了，变得和谐温暖

生态文明
事关亿万人民福祉
和谐共生
立起新的发展理念

曾几何时
人们没有珍惜
大自然的馈赠
富庶的土地变成了荒原
希腊、小亚细亚

美索不达米亚
毁林造地的恶果
需要几代人吞咽
我们不能忘记
黄土高坡的土地
也曾林茂粮足
水草丰满
是塔克拉玛干的
漫天风沙
湮没了盛极一时的
丝绸之路
盲目地灌溉开挖
衰落了古城楼兰

多少年孜孜以求
几代人殷殷期盼
人与自然
和谐共生
才能谱写出
世界上最美的诗篇

从“盼温饱”到“盼环保”
普通百姓在欣喜中享用
清新的空气

洁净的水源
从“求生存”到“求生态”
治国理政的法规中强调
在发展中保护
在保护中发展

山水林田牧草
画好了一张蓝图
开发利用保护
标清了坚守的红线

像保护眼睛一样
保护自然生态
像对待生命一样
呵护绿地蓝天
望得见水
看得见山
记得住乡愁
绽放出笑脸
无垠的天空
又见繁星闪烁
广袤的大地
处处碧浪翻卷

这是

一个政党的顶层设计

这是

一个时代的登高望远

这是

一个强国的战略布局

这是

一个民族的永续发展

推进生态文明

是实现民族复兴征程上的

一盘大棋

建设美丽中国

是众志成城描绘的一幅

壮美画卷

全民战“疫”

——讴歌伟大的抗疫精神

这是一次
气壮山河的阻击
这是一场
全民皆兵的战“疫”
武汉告急
湖北告急
新型冠状病毒
肆虐荆楚大地

这场战“疫”举世瞩目
牵动战略全局
这场厮杀分秒必争
事关生死别离
病毒恶魔空前地凶神恶煞
它狡猾得来去无声
它蔓延得无边无际

中南海的焦虑
总书记的话语

骤然化为
决战的冲锋号
火神雷神昼夜兼程
白衣战士动若霹雳
楼堂场馆变成了医院
应治尽治创造出奇迹
四面八方
涌动着驰援的队伍
天南地北
站出来冲杀的主力
战时体制
全民参与
彰显大国威力
网格化管理
一人不漏
唤起队伍十四个亿

你听
“我是党员我先上”
这样的钢铁誓言
响彻寰宇
“不打胜仗　誓死不退”
这是白衣战士的
铮铮话语

你看

他们中有的

在抗震救火前沿

已经立过赫赫功绩

此时此刻

他们义无反顾投身战地

其实

他们的家里

也有白发的双亲

年幼的儿女

此时此刻

他们争先恐后

冲向火线

去救治更多更多的

姊妹兄弟

他们是那样果敢

他们是那样坚毅

今天的华夏儿女

万众一心不离不弃

年过八旬的院士

本该居家休养

却毫不犹豫穿起战袍

与病毒恶魔血战到底
满脸阳光的年轻医护
以命相托
从死神手中
把鲜活的生命高高举起
这就是
古老神州的华夏子孙
这就是
当今时代的中华儿女
他们身上
流淌着不屈的热血
敢于决战一切强敌

全民战“疫”
这样的斗争会载入史册
全民战“疫”
这样的考验永远铭记
我们凝心聚力
将与绿水青山
和谐相处
融为一体
我们举一反三
将和新时代
共频同振

把短板补齐
我们倍加珍爱和平与健康
把灾后的发展通盘考虑

这，就是民族脊梁
这，就是龙的后裔
有中国共产党的
坚强领导
有不断壮大的
综合实力
我们坚信
生命挽起的生命
将会更加灿烂
我们坚信
胜利连着的必定是
更大的胜利

天地英雄

——献给四川汶川抗震救灾将士

这是一次
十万火急的集结
这是一次
舍生忘死的冲锋
恨不得一步跨入
焦急的汶川
恨不得一把撕开
厚厚的云层

这是一次
史无前例的搜救
这是一次
果断神速的用兵
第一时间
党中央发出号令
要多少子弟兵
就来多少子弟兵

三军统帅

心急如焚

调兵遣将

指挥若定

查看损毁现场

部署救援行动

踏着震后的瓦砾

神情格外凝重

面对奋不顾身的救援队伍

深情嘱托

胜利

一定属于英雄的中国人民

这是最有力的宣誓

这是最雄壮的号令

人民子弟兵

总是人民利益至上

飞进去

灾情就是命令

冲上去

时间就是生命

挺进去

用臂膀搭成桥梁

豁出去

粉身碎骨铸成座座山峰

此时
震区已是最前沿的战场
此刻
救人已是最重要的使命
快，再快一点
那里有许多被困的
父老乡亲
快，再快一点
那里还压埋着
花朵般的儿童

宁可自己的身躯
化做基石
也要撑起倒塌的房屋
宁可自己的双手
当成铁铲
也要把遍地的瓦砾扫净

你曾这样说
天塌擎得起
地陷填得平
只要我活着
就一定把乡亲们救起
你曾这样做

迎着震灾上

向着艰险冲

宁可自己倒下

也要换回群众的生命

有谁知

你也是独生子

从震波传出那一刻

爸爸妈妈

两眼一直盯着

电视荧屏

有谁知

你家也在灾区

庭院变成了

一片废墟

亲人

也是生死不明

让我们看一看吧

洪水

雪灾

地裂山崩

这些新的作战对手

时时牵动着你

警惕的神经

让我们想一想吧

维和

援建

联合军演

要建设和谐世界

你始终关注着

地球上

天阴天晴

骨肉同胞遇难

举国同悲

救援气壮山河

世界动容

子弟兵的壮举

载入史册

老百姓的脑海里

跳动十万大军的身影

大灾吓不倒

困难压不垮

伟大的

中华民族

硬仗恶仗

才能锤炼出

举世无双的

天地英雄

永恒的人生

——致敬伟大的共产主义战士雷锋

从你的身影中理解勇敢
从你的眼神里阅读忠诚
谷穗、花朵、山川、河流
都因你的名字鲜亮生动

你用心底的挚爱
掀起几代人情感的大潮
你用满腔热忱
为亿万人擂鼓催征

你是千里边防坚实的哨塔
你是山沟海岛欢腾的黎明
你是新兵入营后可敬的兄长
你是领袖笔下大写的姓名

你总是带来早春的信息
给生活以无限的憧憬
你总是伴着和煦的春风

把厚厚的积雪消融
你是民族精神宝库中
一束闪烁的光焰
你是人类道德讲坛上
一尊大吕黄钟

你可敬的形象
丰碑一样伫立
你崇高的精神
大河一般奔涌

战友们跟你学会了
面对纷繁复杂的世界
话该如何说
路该怎样行

和你并肩战斗
天大的困难从容不迫
和你一起生活
严寒的季节也像暖冬
这，就是你
永远年轻的雷锋
心脏与人民一起跳动
热血与祖国一起沸腾

雷锋啊

雷锋

老人们坚信

你没有走

扶老携幼的队伍里

分明有你忙碌的身影

孩子们坚信

你还活着

那爱不释手的课本里

有你春风般的笑容

战友们坚信

你在绿色的营盘里永驻

在强国兴军的征途上

还要与你同行

新时代
创造才能换来小康美景
放眼未来
胸怀能把浪涛抚平
踏着新时代的钟声
开始又一次新的航程

中国梦
是最新最新的话题
不忘初心
是最多最多的叮咛

为人民的利益奉献
才是人民心中的雷锋
融入时代的崇高追求
才能铸造永恒的人生

特殊的战役

——致敬抗击“非典”的白衣战士

本是新风扑面的春季
却不能大口大口地呼吸
因为 SARS 病毒的侵袭
出征的命令才十万火急

本是万紫千红的春天
却要把休闲的服饰收起
身穿厚重的白色战袍
成为冲在最前沿的主力

人们知道
你平日里搀扶年迈双亲的手臂
此刻握得更紧更紧
冲杀在没有炮火的战地

人们知道
你下班后温暖儿女的怀抱
此刻张得很大很大

在拥抱更多更多的姊妹兄弟

你心里清楚
面前的敌人是怎样的凶险
你心里明白
这次出征牵动着全局
坚定的目光
让人联想到
当年涨洪水的时候
巍峨的江堤

万分的自信
像是庄严宣誓
征服过千难万险的队伍
今天依然所向无敌

一个倒下
一个又冲上去
街市人海中默默无闻
危难来临时顶天立地

一队刚出发
一队又站起
心中装着人民

才会这样前赴后继

敌情有时扑朔迷离
战场可能无边无际
舍生忘死布下天罗地网
奋不顾身打赢这场特殊战役

有了白衣战士的英姿啊
人世间洋溢着更多的祥和
有了白衣战士的奉献啊
许多人倒下后又重新站立
问候数不清
每一句都是祝福
鲜花数不清
每一朵都在致意

从战争中学习战争
提炼出“万众一心”的成语
在困难中攻克困难
迸发出“敢于胜利”的动力

我们有
共产党坚强的领导
不断壮大的综合国力

亿万众志成城的民众

用科学武装起来的忠诚儿女

听，我们发起了总攻的号角

看，敌人已缓缓地举起白旗

生命挽起的生命将会更加灿烂

胜利连着的必定是更大的胜利

著者按：2003年出现“非典”疫情，全国军民万众一心，打胜了这场特殊的战役。中国人民解放军一批白衣战士奉中央军委命令紧急赴京，临时组建小汤山医院，为全国夺取抗击“非典”的最后胜利做出了积极贡献。

腾飞的中国

——贺中国首次载人航天飞行圆满成功

什么是大气磅礴

什么是波澜壮阔

什么是千年梦圆

什么是九天揽月

“神舟号”载人航天飞船

点燃茫茫太空新的希望

托起地球之巅

一个腾飞的中国

敦煌的彩塑
闪烁着祖先浪漫的思维
古老的神话
图腾起飞天的“嫦娥”

盘马弯弓
铸造追星逐日的“夸父”
凄风苦雨
挡不住伟大民族不懈的探索
挺起顶天立地的脊梁
甩掉“东亚病夫”的蔑视
奏响《东方红》的高亢旋律
传颂“神舟号”飞天的凯歌
《义勇军进行曲》
演奏成一场经久不息的合唱
香港澳门的天空
五星红旗似燃旺的圣火

太空是人类共同的家园
华夏子孙和平利用开发
就像踏上联合国的讲坛
就像写下 WTO 的承诺

有了生生不息的憧憬
才去探索太空每一个角落
有了所向披靡的科技方阵
才能“巡天遥看一千河”

神舟飞船遨游太空
细心擦亮沉沉夜幕
尽收宇宙美妙景色
荡起银河翻卷的碧波

一条条大路变宽
拓展了人们的视野
一座座大桥变长
犹如美丽的彩虹横卧

人们笑声高了
压低了长江黄河的滚滚涛声
神州喜讯多了
挤满了荧屏上的《新闻联播》

生生不息的民族
勇于踏平千难万险
肩负重任的队伍
登高方知天下阔

珍贵的时光隧道啊

因中国的参与而变长

人类历史的舞台啊

因华夏儿女的面孔而鲜活

著者按：2003 年 10 月 15 日 9 时，我国在酒泉卫星发射中心成功发射“神舟五号”载人航天飞船。16 日 6 时 23 分，飞船在内蒙古主着陆场安全着陆，中国航天第一人、航天员杨利伟神情坦然地走出返回舱。千年飞天梦，一朝终成真。华夏儿女及全球各地的华人为之欢呼，祝贺中国首次载人航天飞行圆满成功。

昂首阔步走向成功

——写在中国申奥成功之际

今夜
宇宙间吹拂着阵阵暖风
今夜
银河里响起冲天的涛声

载入史册的精彩场面
抑制不住的昂扬激情
北京要搭起赛场
中国昂首阔步走向成功

此刻，全世界的目光
在地球村的北端聚集
凝视五环旗手的风采
触摸人类文明的律动

此刻，全中国的人们
因特大的喜讯热血沸腾
就像传来夺冠的捷报
就像登上高山的峰顶

这一天盼得太久太久
我们才倍加珍惜
这一刻来得太迟太迟
我们才热血奔涌
看！黄河长江捧出滔滔醇酿
看！泰山昆仑举起晶莹酒盅
十三亿主人把九百六十万平方公里的客厅
装扮得桃红柳绿风清月明

刚刚回顾锤头镰刀铸造的岁月
因而让人永远铭记
南湖红船上高耸的桅杆
延安窑洞里不眠的油灯
雪山草地上神奇的队伍
开国大典时地球的颤动……

刚刚梳理过经天纬地的思维
因而让人更加读懂
主义的真谛

思想的深邃

理论的内涵

人民群众的巨大作用

难忘百年栉风沐雨

继续八十年光辉历程

有了五十年天翻地覆

喜看二十年加速运行

一个奋斗不息的政党

胜利了也能保持清醒

一个坚忍不拔的民族

激动时也显得从容

因为我们懂得

吸引美丽的凤凰

要栽植茂密的梧桐

因为我们知道

锻铸翱翔的翅膀

才能搏击无垠的长空

奥林匹克运动
是赛场的角逐
是耀眼的金牌
须不停地攀登

奥林匹克运动
是历史的审视
是现实的挑战
是综合国力的竞争

于是，古老神州有了
彻夜不眠的欢呼
奔走相告的兴奋
泪光闪闪的激动

于是，中国大地有了
不懈奋斗的号角
万众一心的凝聚
集中力量办大事的阵容
二００八年的中国啊
承诺要给世人带来无限惊喜
改革开放的土地啊
发誓要变得更加繁荣昌盛

这就是世界给中国的一个机遇
这样的机遇千载难逢
这就是中国与世界庄严的签约
这样的签约会加速一个民族
伟大的复兴

著者按：2001 年 7 月 13 日北京申奥成功。“中国赢了！”“北京赢了！”一刹那，犹如喜炮在空中炸响，撼人心魄的欢呼声洋溢在天安门广场，洋溢在神州大地。与此同时，无数焰火腾空而起，璀璨的礼花竞相开放在湛蓝的夜空。“热烈庆祝北京申奥成功！”在欢乐的海洋里，彻夜未眠，激动之时写成此篇。

美好人间

——关于科学发展的断想

一滴水
把太阳的光芒闪现
助威甘泉喷涌
掀起波翻浪卷

一块煤
乌金那样耀眼
燃旺心头期冀
点亮亿万灯盏

一方地
孕育花红柳绿
把金灿灿的希望
铺满广袤的田园

一座山
一处发展的高地

用科学思维的脚手架
撑起民族的铁肩
“五个统筹”
绘就恢宏的轮廓
就像今日建设大军
展开了一幅长长的画卷

振兴东北
崛起中原
西部开发
协调发展

全面、协调、可持续
成为谋求发展的共识
生态、和谐、文明
凸现以人为本的理念

普通的农家小院
时常传来总书记的问候
挥汗如雨的工棚
时常看到总理的笑脸

世界是美好的
美好的世界该如何构建

事业是大众的
大众的智慧该怎样施展

和平
是我们美好的愿景
发展
是我们不懈的登攀

让雄鹰展开翅膀
去拥抱湛蓝的天空
让高楼植根大地
去欣赏鲜花的烂漫

让思想挣脱绳索
去创造新的奇迹
让我们擦亮星空
去装扮美好的人间

日破云涛万里红

披着早春的霞光
伴着和煦的暖风
一个思考已久的命题
映照新世纪的征程

中国共产党
怎样续写光辉的历史
通过先进生产力的牵引
加速社会发展进程

中国共产党
怎样引领先进文化的潮头
在人类文明的长河里
思想武装变永恒

中国共产党
怎样根植广袤的沃土
用赤子般的耿耿忠心
造福最广大的民众

汇聚全党的智慧
诠释使命的神圣
亿万人民的视野里
呈现出新天新地新景象

珠江里的浪花欢呼不止
浦江边的高楼静静聆听
白山黑水充盈着兴奋
雄壮的西域燃旺了激情

看，世界格局多变
高新技术快速攀升
全球经济一体运转
改革开放新思想层出不穷

看，发展才能聚集起
坚固的精神大厦
创新才能确保
事业的持久旺盛

于是，“银河号”加快了转速
神舟飞船翱翔太空
共产党员的追求啊
在科技制高点上锁定

军营的战友们捧起厚厚的课本
两弹元勋一次又一次地激动
共产党员的脚步啊
在世纪大道上生风

长江岸边挺起顶天立地的英姿
兰考大地上长出茂密的梧桐
共产党员的队伍啊
永远谱写奉献与忠诚

中国特色社会主义伟大事业啊
催开东方风来满眼春景
共产党豪迈的队伍啊
把握了今天该怎样执政

庄严的承诺
让党的旗帜更艳更红
不懈的奋斗
推动民族复兴的进程

黑 脊 梁

黑脊梁，黑脊梁
黑脊梁来自训练场
站着顶天又立地
卧倒像那长城长

黑脊梁，黑脊梁
黑脊梁来自训练场
赴汤蹈火家常饭
风里雨里斗志昂

黑脊梁，黑脊梁
黑脊梁来自训练场
你让山峰有了新高度
你在国门立起铁界桩

黑脊梁，黑脊梁
黑脊梁来自训练场
老百姓看见你心欢喜
和平的旗帜天下扬

第二章 使命畅想

和平使命

遵循一份郑重声明
展开一项务实行动
中俄两军
超越冷战思维
磨砺精神利剑
为军队建设
互动共赢

和平使命
不针对第三国
为的是开辟
和平与发展的
锦绣前程
为的是打造
国泰民安的
幸福美景

从符拉迪沃斯托克
战略磋商
战役筹划

到山东半岛及其附近海域
水上激战
空中厮杀
陆地夺控
处处显露出
配合的默契
处处闪烁着
智慧的交融

展望当今世界
机遇常在
挑战增多
风云际会
希望永恒
新的国家安全观
促进政治互信
军事互助
经济互动

这样一场演练
威武壮观
这样一次合作
水到渠成

促进人类发展

你我都有责任

建设和谐社会

大家共同担承

今天

我们要面对

环球冷热

我们要建立

危机预警

中俄两国

为拓展防务安全空间

不懈探索

同全世界人民一起

把人类和平的旗帜高擎

著者按：和平使命——2005中俄联合军事演习，于2005年8月18日至25日在俄罗斯符拉迪沃斯托克和中国山东半岛及附近海域举行。中俄双方派出陆、海、空军和空降兵、海军陆战队以及保障部（分）队近万人参加演习。

古田抒怀

阳光普照火炬燃
触景怎不忆当年
思想建党大旗举
政治建军稳如磐

使命神圣迎大考
队伍壮阔史无前
“九月来信”照征程
彩眉岭下篝火燃

打仗筹款聚民心
农工子弟挑重担
浴火重生势如虹

凤凰今始又涅槃

星星之火成大势
协成店里夜无眠
塑形奠基探源本
队伍从此永向前

著者按：中国工农红军第四军于1929年12月28日至29日在福建省龙岩市上杭县古田村召开第九次党的代表大会，这是中国共产党历史上的一次重要会议，确立了人民军队建设的基本原则。由毛泽东同志起草的著名的古田会议决议第一部分——《关于纠正党内的错误思想》，是中国共产党及其领导的人民军队建设的纲领性文献，其精神至今仍然是中国人民解放军行动的基本遵循和原则。

红色大别山

土地革命风云卷
起义爆发鄂豫皖
主力红军士气旺
唤起工农千百万

艰苦卓绝游击战
牵制敌军巧打援
胸怀全局志不移
红旗高扬大别山

抗日救亡根据地
开辟战场有肝胆
突破重围燃烽火
中流砥柱挽狂澜

解放号角震天响

千里跃进书奇观

战略转折载史册

横扫顽敌如席卷

著者按：大别山是著名的革命老区，土地革命时期，这里先后爆发了黄麻、商南、六霍三大武装起义，开辟了鄂豫皖革命根据地，创建了红四方面军、红二十五军、红二十八军三支主力红军，成为中国革命和人民军队的重要发源地。三年游击战时期，红二十八军艰苦转战45个县，牵制国民党17万正规军，有力支援了红一、二、四方面军和红二十五军战略转移，有力配合了南方各省红军的游击斗争。抗日战争时期，新四军第五师创建鄂豫边根据地，成为华中抗战的中流砥柱。解放战争时期，刘邓大军千里跃进大别山，标志着解放战争由战略防御阶段转入进攻阶段，这里成为中国共产党领导中国革命走向全面胜利的战略转折地。2021年4月8日至9日，参观位于河南省信阳市新县的鄂豫皖苏区首府革命博物馆，学党史、观战例、受教育，庆祝中国共产党百年华诞。

红 嫂 颂

杀敌豪情冲霄汉
粮绝水尽口舌干
乳香激扬英雄气
挚爱永留天地间

蒙山挺胸筋骨壮
沂水捧出波相连
将士重回征战地
红嫂映得霞满天

著者按：在抗日战争期间，沂蒙山区涌现出千千万万个“红嫂”，像用乳汁救死扶伤的明德英、誓死保存机密文件的王换于、扮成乞丐进入日军炮楼探听情报的孙玉兰、为照顾公婆让未婚夫在前线安心作战而抱着大公鸡拜天地的李凤兰……她们让人们再次认识了中国女性的伟大，她们用生命铸就了沂蒙精神。

草原英雄

五十春秋课桌前
天天诵读英雄传
龙梅玉荣铸丰碑
时代楷模永向前

十岁女童有壮志
风雪草原护财产
集体羊群受保护
七十里路不觉寒

今日祖国北疆美
万里无云望高天
百余英豪聚青城
畅谈人生凯歌还

民族复兴期可待
小康美景宏图展
乌兰牧骑载史册
英雄精神写新篇

著者按：2020 年 10 月 26 日，在内蒙古自治区首府呼和浩特参加会议时，与《草原英雄小姐妹》中的玉荣座谈合影，有感而作。祝福祖国强大，敬仰英雄崇高！

中关村沉思

古城硅谷静心看
莫学林间寻清闲
网电攻防光阴迫
置身前沿探高端

千里之行脚下起
追赶引领凭远见
深度融合创大业
沧桑故园铸神剑

东南研兵

东南乙未春研兵
三坊七巷观繁星
闽江波平两岸阔
举目处处皆古榕
历代苦心兴船政
不教马江血染红
陆海空天我主宰
封控随心有防攻

著者按：福州，又称榕城、三山、左海、闽都，简称“榕”，是福建省省会，我国首批14个对外开放的沿海港口城市之一，也是重要的科研文化中心、东南沿海重要的贸易港口与海上丝绸之路门户。三坊七巷起于晋，完善于唐，至明清鼎盛，古老的坊巷格局至今基本保留完整，是中国都市仅存的一块“里坊制度活化石”和一座不可多得的明清建筑博物馆。三坊七巷也是林则徐、冰心等名人的聚居地，被赞为“一片福州三坊七巷，半部中国近现代史”。

过永安

永安的绿
永安的蓝
九龙竹海天宝岩
鳞隐石林成大观

永安的水
永安的山
抗战省府七春秋
摆兵布阵操胜券

永安的地
永安的天
今朝长缨手中握
刺破寰宇有儿男

永安的路
永安的涧
万众一心立燕城
神州又添好营盘

著者按：福建永安，别称燕城，是中国优秀旅游城市、国家园林城市，森林覆盖率达 80.9%，人均拥有竹林面积居全国第一，是闻名遐迩的中国笋竹之乡。这里有国家地质公园桃源洞—鳞隐石林，有国家级自然保护区天宝岩，有全国重点文物保护单位安贞堡。永安还曾作为抗战省府长达七年半之久，被誉为东南抗战文化名城。九龙竹海位于永安市东北部，森林植物、野生动物种类丰富。

连城气象

山似波涛水如镜
白云万朵映苍穹
英雄自古战沙场
人心从来盼公正

男儿有志从军行
冠豸山下聚雄鹰
听令纵身搏风雨
唯愿世间享太平

著者按：福建省连城县，简称“莲”，别名莲城，因莲峰山而得名，是革命老区和客家文化名城。中华人民共和国成立后，1949 年 11 月 16 日，中国人民解放军福建军区第八军分区驻连城县军事代表团接管连城。连城地处武夷山脉南段，闽、粤、赣三省的结合点，东邻永安、龙岩，南接上杭，西接长汀，北倚清流，有北夷南豸的美称。

才溪探路

大军挥师挺闽西
十万将士舞旌旗
才整序列排战阵
又见队伍换新衣

润之躬身向百姓
强军爱民见功力
智慧铺就成功路
调查辟出新天地

著者按：才溪镇，位于福建省龙岩市上杭县西北部，毛泽东同志曾三次亲临才溪进行社会调查，并于1933年11月写下了著名的《才溪乡调查》。在当时仅有1.6万人的小山乡，有3 762人参加红军，其中1 192人牺牲在战场，才溪也因此被誉为“烈士之乡”。在1955年授衔时，由于才溪有9位军级干部、18位师级干部，于是又有了以“九军十八师”为主的“将军之乡”的美誉。

黄河勘察

黄河飘自彩云间
千环万绕入中原
绿染两岸绘宏图
亿万军民尽欢颜

小浪大坝添新景
调沙蓄洪亮灯盏
不尽波涛注大海
尾闾日夜献良田

母亲河畔察习性
未雨绸缪保安澜
几多辛酸成旧事
十万精兵写新篇

著者按：2004 年 7 月 5 日至 9 日，参加黄河防汛勘察，从黄河河南省小浪底段至山东省济南段，横跨 9 市地，明确了 10 万防汛兵力部署。

远火雄风

强军征程耀新星
媒体聚焦远火营
青春热血书壮举
矢志不移练打赢

沙场演训射天狼
亮剑戈壁束苍龙
雷霆霹雳出重拳
联合打击有精兵

著者按：2015 年 8 月，某远程火箭炮兵营被中宣部、总政治部列为全国全军先进典型，《人民日报》《解放军报》、中央电视台等 20 多家媒体现场采访，官兵深受激励。

走上哨位

东方露出温和的彩色
山花吐散沁人的芳菲
胸前挎一支乌亮的钢枪
清晨，我走上哨位

也许
北京刚升起国旗
幼儿仍在襁褓中酣睡
也许
母亲刚包好最后一个水饺
等待远方的儿女回归
此时
在通向海岛哨所的小路上

我印下深深的脚印
一座哨所就是一枚纽扣
牢牢地钉在祖国母亲的衣襟

我是潺潺流淌的小溪
润绿大地稚嫩的草丛
我是一枚红色的印章
把赤诚在大地上篆刻
没有铿锵的豪言
誓师的大会
头顶的军徽
是怒放的蓓蕾

我爱这片血染的山岗

听连长的连长说
我们这绿色的营区
原是一片血染的山岗

战斗中有一个小号手
敌人子弹穿进他的心腹
冲锋的号角仍吹得山响

十二名勇士
十二块钢铁
红旗飘在顶峰的时候
战友们含泪清理了战场
从此以后
这里成长起机智与果敢
这里锻铸了团长、师长、军长

为了鲜血浸染的土地
那矗立在山岗的营区呀
化成战士挺起的胸膛

我是值班员

庄重地佩上袖标
双肩沉甸甸
洪亮地喊出口令
队伍威武庄严
神圣啊
我要把旭日托上九霄
光荣啊，我交班的时候
圆月已挂中天

祖国啊，母亲

为了让您在甜梦中享受宁静

边陲哨所

我主持隆重仪式

雾霭云海

我清点巍巍大山

在我眼里

一个士兵就是一座界碑

坚实伫立在边境线上

在我心中

一排队伍就是一道长城

静静地护卫着飘香的田园

我曾是新兵连的班长

去山野射击
去海边站岗
沿小道出操
在夜幕下操枪
庄严的口令牵动整齐脚步
“一二一”
我是新兵连的班长

我带的新兵来自六省一市
有的告别学校不久
有的刚离开旋转的机床
问他们当兵为啥，扛枪咋想

虽南腔北调，回答一模一样
为了祖国的兴盛
为了人民的富强
也为了自己历经磨炼
快快成长

多少次灯前学习
多少次畅谈理想
操课时切磋武艺
比武中顽强对抗
班长的经历
让我变得坚毅刚强

脚　印

一串解放鞋的胶纹
烙在恬静温柔的海滩
装订起一部春天的画册

挺立的胸脯、钢枪
就是里面的插图一枚

海风香得更醇
浪花开得更美

雪夜巡线

风，撼得群山晃
雪，白了千重岗
队伍除夕何处去
冰天雪地巡线忙

看，家家窗口喜洋洋
望，个个山头俏模样
银线条条报平安
心头永远有支春天的歌在唱

边防战士望北京

那不是光彩闪烁的华表吗
在明净的天宇里高耸
那不是镶嵌五星的国旗吗
在白云的簇拥下飘动
年轻的通信战士呵
望见了北京城

昨日，我曾传送卫星发射的喜讯
今天，我又燃亮边防线上的夜空
攀登在高高的电杆上
我看到了那立交桥的繁忙
听到了人海里朗朗的欢笑
还有人民大会堂里经久不息的掌声

金秋十月的国庆
将宴请亿万宾朋
为把大红的请帖传递
我正紧握手中的话筒
只见长江黄河献醇酿
只见千山万岭举酒盅

我的课本飘着墨香

军校宽敞的楼舍里
正按一本崭新的名册
把课本和职责同时发放
课本：飘着浓浓墨香
职责：祖国和平与发展

铮亮的课桌
映出一尊雕像
从《军事研究》的论文里
我查找现代战争的含义
从《哲学》教材的铅字上
我辨别了各种矛盾对抗

父辈叱咤疆场的勇猛
在我大脑中裂变着智慧的基因
未来军事革命的重任
让我把课堂演绎成崭新的战场

年轻的集体

在“中华”这本硕大的名册上
郑重地实施了签署
那条青春的装订线
便缝合起一个跑步的集体

漫长悠远的跑道
有泥泞也有崎岖
鲜花溢香的终点
更迷人也更有引力

跑向工厂

钢花和汗水同放异彩

跑向山村

擎起一片明静的天宇

你把真挚的嘱托

装满了每个人的衣兜

你把惊险的场景

化为可爱的含蓄

生活中充满了吉祥

人世间洋溢着喜悦

因为有了你——英雄连队

一个年轻而充满希望的集体

仰望英雄山

领袖胸中风云卷
高山大川走泥丸
问寻英烈今犹在
忠骨铸成英雄山

苍松翠柏常青树
霞光万丈似血染
铸魂励志登高处
丰碑永存入云天

岁月沧桑志如刚
神州大地红星闪
千难万险脚下踩
人民利益高于天

八月，我穿起军衣

与灼人的骄阳一起
与矗立的哨塔一起
八月
我穿起军衣
荷一支铮亮的步枪
挽起流火的夏季

也许
城市游泳池里
正进行一场
花样表演
也许
乡间的浓荫下
轻摇的芭蕉扇
正引出一串动人的游戏

为了舞步的轻盈明快
为了婴儿的甜美呼吸
为了秋日丰收的大地
为了母亲心中的欣喜

我庄严地

穿起绿色的军衣

于是，八月的阳光下

叠映出一个高大的身影

给烈日蒸烤下的人们

搭一方避暑的场地

亮剑畅想

人世间，万古长
花开花落觅良方
站在高处阳光暖
穿透浮云望沧桑

说亮剑，话攻防
生死之地细细想
能战能和握胜算
兵情民意有力量

劝今人，永不忘
积贫积弱多惆怅
生灵涂炭泪长流
千家万户盼富强

熄战火，保和平
脚踏黄土经略海洋
亲诚惠容才是那大格局
陆海空天乾坤朗朗

第三章 初心壮志

面对入党志愿书

难道只是一张表格
和表格内的横栏几行
拿着入党志愿书
我想……

这是一份庄严的答卷
这是一个神圣的考场
我用全部青春锻铸
饱蘸热血将她填上

自豪啊
仿佛置身时代的列车
光荣啊
犹如太阳在头顶闪亮

入党誓词的字里行间
我已清楚地看到
雷锋春风般的笑脸
张思德火热的心房

■ ■

■ ■

■ ■

我丈量她的宽广
我感受她的分量
这是生命写就的誓言
这是忠诚铸成的辉煌

捧着入党志愿书
我想
交上的不只是一份诺言
还有思考的大脑
跳动的心脏

京华随感

晚秋不觉天地寒
京华可感艳阳天
集思广益话奋斗
红色基因代代传

伟人韬略汇书卷
京华贤达再畅谈
将军部长献计策
强国兴军力量添

千秋功业载史册
历史跨越心血燃
成功秘诀育群英
献礼建党一百年

纵览历史风云起
民心众志可比天
厚重北平说由来
阳光雨露暖人间

著者按：2020 年 10 月 31 日至 11 月 2 日，赴京参加《毛泽东的成功秘诀》书稿研讨活动，与党史专家、老帅后人、军地领导见面座谈。民族精神的厚重、革命领袖思想的光芒、中华儿女的追求与担当，让人感奋不已。

鞠家庵兵营

群山环绕草木深
黄海波涛充耳闻
胶东半岛演兵场
火炮昂首驱瘟神

一颗红星头上戴
两面红旗映兵心
旭日夕阳千日暖
军号声里列战阵

天南地北来相聚
志同道合心相印
官兵一致手足情
思念祝福系终身

助民劳动唱欢歌
花生苹果慰亲人
四十春秋弹指间
雷乡应是天地新

著者按：20 世纪 80 年代初在山东海阳鞠家庵营房里工作生活三年多，以此诗献给一起生活战斗过的首长和战友们。

长岛戍边

渤海前哨守边关
鹰山脚下立营盘
极目海天胸怀广
铜墙铁壁驱冬寒

朝迎旭日照华夏
晚眺夕阳霞满天
四无岛里话理想
劈波斩浪练为战

讲课登上竹山岛
飞舟跨海忙救险
九丈崖边盼波平
欢声笑语半月湾

拥军楼前写深情
月明星稀加夜班
团队成果上军报
文图声像广流传

长山列岛似珍珠
颗颗粒粒巧镶嵌
屈辱记忆火燃尽
强国兴军谱新篇

海岛精神老亦新
精忠报国代代传
今日寄语新战友
铸牢海疆铁门闩

著者按：1987 年，25 岁，于长山岛任连职干部。这是一段朝气蓬勃的岁月：浓厚的官兵情谊，纯洁的人际关系，向上的工作氛围，清新的自然环境……受益良多，终生难忘。

解放桥回眸

天下泉城有兵站
解放桥边摆沙盘
精兵强将卫齐鲁
军民团结气宇轩

当年世纪大裁军
褪去戎装上百万
海防兵民预备役
保家卫国一身兼

黄海渤海卫京津
万门火炮震海天
蒙山沂水寄深情
兴武征兵抓带建

宗旨使命刻脑海
进城未忘乳汁甜
为民立下将校令
扶贫帮困保平安

书记省长话武装
司令政委讲备战
意气风发抓建设
斗志昂扬谋发展

两区一师固海防
预备役队强弓弦
民兵整组队伍壮
建章立制换新颜

著者按：1986年至1989年，在山东省军区机关工作期间，正值百万大裁军之后，队伍强壮，面貌一新，各项工作争上游出成果。作为机关里的年轻干部，在大平台、好环境里受教育受历练，可谓是难得的机遇，难忘的课堂。

枪　杆

竖起来
像一支笔
在祖国蓝天上
写一首平安的诗

横下去
似一把琴
在神州大地上
奏一支幸福的曲

晨　练

露珠像透明的琉璃
和风如流淌的瀑布
新月似一弯明眸
笑看一群“攀山虎”

格斗不分胜败
擒拿难辨赢输
练两只“铁钳手”
磨一副钢筋铁骨

轻松和愉快涌遍全身
疲劳和夜色一起隐没
溪水为我们奏鸣
松涛为我们欢呼
旭日笑红了脸蛋
喜悦溢出了山谷

军营的路

像一盘原声磁带
播放着军营交响
人生观的讨论
电子战的思索
武状元的雕塑
以及方程式的等量
拉直一个问号
洞开一片明朗
战士们自有几分幽默
说路的那头连着“精神食堂”
一声熄灯号响
营区挂上帷帐
活跃的思维
却没有收起绳缰
每张铺板都有个关于路的梦
还有路途中壮美的畅想
明晨，士兵定会顶着雾霭
把一夜的构思
写在山菊花盛开的巡逻路上

山村驻训

初春

我们来山村驻训

从此

乡野多了绿色的方阵

课余

我们在山坡挥铲

栽下

一丛丛绿荫

如今

每当早操攀上山崖

难辨

哪是队伍哪是树林

彩　贝

大海

是孕育你的母亲

蓝天

赋予你五光十色

战士和你不离形影

你高兴了

向着艳阳歌唱

背着沙滩陶醉

从大海里聆听喜讯

再把出征的号角劲吹

悄悄话

我把小手圈成喇叭
对着母亲的耳朵
说句悄悄话
母亲的发丝
抚慰我的脸颊
这儿时美好的回忆
赛过天边的红霞
军营里
我已经长大
接转一阵阵喜悦
拨动一个个号码
我贴近紧握的话筒
用甜甜的声音
对着首都北京喊了声
祖国，妈妈
听筒里传来亲切叮咛
多么像慈祥的母亲
当年的
悄悄话

巧洗军衣

一个晴朗的假日
沉落在清澈的河底
草绿色的军衣
在静静的河道里荡起涟漪

谁家的牛犊挣开了缰绳
啃掉田里的秧苗
大娘隔河一声吆喝
把洗衣的士兵调离
一群年轻的姑娘跑来
脸上挂着获胜的欣喜
揉碎了营房里半日的疲劳
搓掉了格斗中流淌的汗迹

士兵急匆匆返回
心中的猜疑渐渐悬起
等看清了彩色的溪流
才解开了巧洗军衣的谜底

军营小溪

秋季，流着彩
春天，淌着绿
战士生活的录音带
是军营的小溪
傍晚谈心
它拍张彩照
打靶归来
它奏支乐曲
胸前佩着立功奖章
头上顶着黎明晨曦
我去告诉溪水
捎给家乡一个庄严的敬礼
溪水陡然变成了赤碧色
像是难解的谜语
你猜，是溪水映绿了我的军装
还是帽徽染红了小溪

月夜巡诊

踏碎露珠
扯开夜幔
又出发了
攀上陡峭的山峦

瞧，填平了小路的崎岖
用的是一腔温暖
激动的星星忽闪着眼睛
邀来明月照路

遥望你远去的身影
小哨上行注目礼的士兵看到
脊背上耀眼的红十字
似一束火苗在旺燃

战士的脚步

绿色的队列

剪开了缕缕晨曦

脚步踏出的着重号上

前面是贫瘠的大山

后边是丰腴的土地

故乡有一条河

故乡有一条河
从简朴的村前绕过
在我孩提时珍藏的记忆里
河道流淌着清波

我参军那年初冬
河面上升腾着薄薄的雾霭
放鸭姑娘将鸭群和彩霞一同赶回
河滩上的牧童欢笑得前仰后合

今日倍加思念河道的变迁
探家时再一次将河道风光领略
昔日的河面宽了，鸭群大了，霞光美了
两岸还挂满飘香的瓜果

我寻觅
将惊喜的场面捕捉
河面上欢快的水纹嬉笑不止
这笑声啊
就是今天重大的收获

家　信

通信员分发远方的喜悦
送我一封厚厚的家书
信笺上，爷爷说，
我家双重的富庶

新建的房舍美观讲究
迎来了声声夸赞和祝福
中堂贴着军营飞来的喜报
以及市长题写的致富条幅

彩电把全家的笑容映红
喜庆的庭院在昂首阔步
勤劳和智慧得到报偿
物质和精神一同产出

再没有申请救济的告急
只见拥挤着交售公粮的队伍
如今的时光呵
歌声串串，如火如荼

爷爷醉心地捋着胡须笑了
滚烫的话语随口说出
我家除了那本万元的存折
还有边境线上卫国的绿树

彩　照

慈祥的母亲从故乡邮箱
寄来了一张放大的彩照
背景里飘动着
畦畦翠绿的秧苗
是母亲怕儿惦记故乡的早春
才这样精心选择
还是母亲展览丰收的富足
让广袤的田野沁满欢笑
小妹妹在照片背面的解说词
拉直了哥哥眉宇间的问号
是解放军野营的连队
在军属的田野里植下花苞
要不是队伍早已走远
我准能装去一串串欢笑

妈妈与灶膛

炊烟升腾
燃红东方
妈妈早起在做干粮
送行的饺子出锅
野菜馅也满屋飘香

风箱拉弯了妈妈的臂膀
蒸气和着汗滴流淌
邻居夸她手艺巧妙
儿子心里知道
妈妈有灶膛般火热的心肠

中秋小唱

中秋时节夜犹长
繁星有心轻吟唱
明月似水望故土
戎装如松系国防

品德开花金不换
奋斗结果铸辉煌
百望山下砺心智
豪情冲天慨而慷

水浒文化

一部水浒天下扬
好汉风骨铸名将
杏黄大旗化云烟
世人常念忠义堂

文章千古说兴衰
人间真情日月长
喜看今朝群英会
乘风顺势再启航

贺校庆

时代风劲炉火红
呕心沥血筑良桐
立德树人七十载
桃李芬芳扬美名

唐塔伫立迎风雨
南湖水阔望波平
郓州大地沐暖阳
宋金河边听涛声

政坛栋梁担重任
和平使者架彩虹

创业创新结硕果

商海搏击汇精英

高歌爱国传佳话

建设祖国写恢宏

戍边保国有良将

科技强国齐追梦

著者按：山东省郓城一中几乎与共和国同岁，1950年创建学校，从一座破庙里起步，风雨征程，薪火相传，立德树人，矢志不渝，一步一个脚印奋进发展，成为拥有多项国家级荣誉的万人名校，为国家和军队培育出一大批骨干人才。2020年11月6日，参加一中“雷锋学校暨‘学雷锋争做美德少年教育践学基地’”授牌仪式，忆创业办校艰辛，看杏李满园硕果，品立德树人责任，倍感荣耀与奋斗之壮美。

老父亲

你的一双手啊
犁开了百亩田
堆起了大粮仓
还要捧起那日月长

你的铁脚板啊
压实了乡间的路
踏宽了门前的巷
还要把千山万水趟

你的眼睛亮啊
看惯了风雨和冰霜
春夏秋冬都是美景啊
人情世故也变得醇香

你的心胸宽啊
多少风云装
脸上那一条条沟壑
容纳了说不尽的人间沧桑

光荣之家

三山拱卫楼高耸
四路相连道畅通
戎马生涯有驿站
文明和谐景天成

春有花朵夏有荫
秋色悦目冬雅净
阳光新路通四海
山河无恙赖卧龙

著者按：三山拱卫，指英雄山、郎茂山、刘长山。四路相连，指建设路、刘长山路、阳光新路、卧龙路。

过年，过年

你也说过年
我也说过年
过年劲吹中国风
过年迎来天地暖
东西南北作故乡
身安神静心里甜

过了一年又一年
悠悠岁月好留恋
昨天青春正少壮
今日华发两鬓染
回望征程心无悔
不负时光步履坚

岁岁都过年
今年不一般
全民抗疫书壮举
决胜小康展新颜
“十四五”上绘宏图
百年建党谱新篇

说过年论过年
神州处处人不闲
风驰电掣开高铁
雪雨冰霜守边关
热电厂里炉火旺
快递小哥跑得欢
人人都当孺子牛
暖流涌动天地间

在家要过年
在外也过年

过的是宝贵精气神
过的是家和事圆满
看人间处处起春风
听千家万户笑声甜
十四亿民众携起手
五千年文化永流传

过新年
过大年
不忘初心奔小康
饮水时常应思源
生活天天开心快乐
家庭幸福吉祥美满

心大才宽敞

三套房，五套房
还嫌不宽敞
想一想，老前辈
天当房，地当床
高于天的是理想

看星星，望月亮
热血斗志扬
朝前走，算大账
心胸多宽敞

中国梦，奔小康
宽敞那个才叫有力量
泰山昆仑是咱家的盆景
黄河长江在胸中流淌

第四章 神州如画

泉城春景

桃红恰似春姑笑
风梳绿柳万千条
草木吐翠天地暖
日光当头退寒潮

地涌甘泉绘佳景
湖清波平山影俏
楼高更显街巷阔
引来遥墙宿大鸟

卧虎山川铺锦绣
绿浪翻滚七星照
灵岩晨钟声震耳
泰山绵延连南郊

细雨甘霖天地新
英雄山下勤思考
和谐美景寻真谛
喜看今朝多舜尧

趵突泉

一

天降甘露珍珠溅
地涌清泉声震天
邀来万众赏佳景
世纪初年写新篇

二

玉泉趵突腾空起
通古接今连天宇
人面桃花映绿柳
笑谈世间烟云起

人生易老天难老
年轮飞转真情聚
泺源堂前思未来
千载难逢龙腾飞

著者按：2003年9月6日，停喷了548天的天下第一泉——济南趵突泉复涌，全市人民奔走相告，引得国内外游客纷至沓来，赏景成诗。2004年10月19日夜，与中央电视台友人相聚趵突泉泺源堂前，品茶赏泉看夜景，有感成诗。

山东半岛

崂　山

海上名山峰接天
雾神云仙竹不凡
一泓碧水绕万里
为而不争流千年

蓬莱阁

名阁凌空天下传
万木葱茏显夙愿
八仙得道悟真谛
海不扬波壮志还

长　岛

绝壁屹立崖九丈
月牙湾畔聚日光
黄海渤海挽手臂
峰岳连绵卷绿浪

刘公岛

千古爱恨意味长
甲午风云胸中装
且看华夏今崛起
万里海疆铸铜墙

古车博物馆

华夏大地聚瑰宝
齐鲁惊世现遗篇
运载千秋步未歇
万乘一览观起源

车辚马啸声犹在
动静交融战相连
大驾若察后李地
悠悠古今转瞬间

著者按：中国古车博物馆，位于山东省淄博市临淄区辛店东北部后李文化遗址上。该遗址是1990年的全国十大考古发现之一。中国古车博物馆是在后李春秋殉车马坑遗址基础上建立的。该博物馆囊括了中国古车之大观，汇集了古车研究成果之大成，融文物性、学术性、知识性、趣味性于一体，是中国当代第一家最完整、最系统，以考古发掘现场与文物陈列为一体的古车博物馆。“大驾”，古代皇帝外出车驾有大驾、法驾、小驾之分，大驾有一万人；小驾有几十或几百人。后李，地名，即春秋殉车马坑遗址发现地。

申城漫步

虹桥如织竞飞翔
高铁穿梭如画廊
流光溢彩都市美
满城梅雨伴暖阳

一大旧址净灵魂
镰刀锤头旗高扬
登高放眼看巨变
浦江两岸笑声朗

正定芳华

常山千载聚芳华
九楼八寺映古塔
三关雄镇南门立
不尽风物映华夏

牵手太行添大美
引来滹水润万家
富民安邦初心壮
时代征程大步跨

著者按：正定县，位于冀中平原，亦称常山、真定。这里名胜古迹众多，文化积淀深厚，历史上曾与北京、保定并称北方三雄镇。如今的正定，政通人和，百业兴旺，游人络绎不绝，一片盎然生机。

曹州牡丹

最美四月芳菲天
谷雨时节花正艳
万顷碧野仙子红
满城游客人欲仙

伏羲桑梓沃土厚
尧舜故里人勤勉
黄河千里送甘霖
花红叶绿旺千年

高铁交汇曹州府
北上广深一日还
机场架起通天路
诚邀空客赏牡丹

汗滴沃土禾苗壮
新景新城新容颜
不负春光花朵美
国色天香成大观

著者按：菏泽，古称曹州，乃伏羲之桑梓、尧舜之故里。菏泽牡丹栽培始于隋，兴于唐宋，盛于明清，历经百世，风雨千年，仅曹州牡丹园面积就达200多万平方米，1 000多个品种，是世界上牡丹、芍药种植面积最大、品种最多的植物园林，是著名的牡丹之都。这里有2 000多处历史文化古迹，是中华文化的重要发祥地。今日之菏泽，高铁十字交汇，机场通达四方，经济发展，社会稳定，成为宜居宜业的新兴城市。

寿光菜博会

汗滴沃土起步艰
科技呼唤神农还
移来万禾成仙景
疑是彩霞落人间

著者按：享有“中国蔬菜之乡”美誉的山东省寿光市，每年4月举办蔬菜科技博览会，世界上许多国家和地区的来宾兴致勃勃地参与盛况，展品万千风姿，场面蔚为壮观。

好人家园

夷安古来重勤勉
传承四宝与三贤
风雨沧桑两千载
而今百强展新颜

东临琴岛添动能
西望风筝入云天
碧空原野高粱红
世间谁人不莫言

百舸争流创佳绩
万众一心扬德善

党建引领旗帜扬
凡人义举成大观

城有协会立导向
街巷遍设服务站
投入志愿心田美
好人之城四季暖

著者按：山东省高密市，古称夷安。这里有史称三贤的春秋名相晏婴、东汉大经济学家郑玄、清代大学士刘墉，有人称“四宝”的扑灰年画、剪纸、泥塑、茂腔，是诺贝尔文学奖获得者莫言的故乡。高密位于青岛与潍坊之间，有 2 200 多年的历史，现为全国百强县之一。高密创办的“党建引领学雷锋志愿活动”成效卓著，市志愿者协会被表彰为全国学雷锋活动先进集体。

平阴览胜

洪范池畔大海眼
声名显赫世间传
绿浪翻涌云翠峰
南天乐观日月泉

于家松柏青四季
万历堂前讲书卷
龟驼碑石铸佳景
青史悠悠说万年

著者按：从济南驱车百里，参观平阴县洪范镇、孝直镇，这里青山绿水，蓝天白云，支线公路绿荫长廊，农村民舍美景天成。这里历史文化与自然景观交织融合，有四大景观：一是洪范池大海眼，二是南天观日月泉，三是于家林松柏树，四是龟驼碑在旧县。于家林即明万历皇帝的老师于慎行家的墓地，他是明朝资政大夫、太子少保、礼部尚书兼东阁大学士。

徐州寻古

一馆春秋了目然
两王戊注成旧篇
三阵兵马雄风在
四季不看圣旨言

著者按：徐州，古称彭城，因帝尧曾封彭祖于大彭山下建大彭氏国而得名。位于江苏省北部，“北扼齐鲁，南屏江淮”，东临大海，西接中原，地理位置十分重要，自古便是兵家必争之地。早在一万年前的旧石器时期，这里就有人类活动。徐州作为一座城市是公元前573年开始的，距今已有2 560年的历史了。楚汉之际，西楚霸王项羽在此建都。这里也是汉高祖刘邦的故乡。两汉文化遗存极为丰富，有项羽的戏马台、刘邦的大风歌碑、汉代王室贵族的墓葬群、汉代瑰宝画像石、西汉兵马俑、东汉银缕玉衣，等等，不胜枚举。“一馆”即徐州博物馆，“两王”指刘戊、刘注两代汉王。西汉兵马俑展览馆里排列有序的三阵兵俑，当时只发掘展出两阵。在徐州市郊有一处存放着以明清两朝皇帝部分圣旨为主体的圣旨馆，如今只起到供游人参观和文化研究之用。

云南石林

浩浩石林生路南
百亩桅杆接青天
亿年风磨水漂洗
世纪新姿森森然

人生意志实可赞
喜看沧海变桑田
思索升华稀世景
春城不语胜雄辩

著者按：石林位于云南省路南县，亦称路南石林。“路南”乃彝族语“黑色石头”之意。

西湖十景

苏堤桃柳报春晓
曲院风荷近虹桥
平湖秋色目光远
三潭印月景奇巧

花港观鱼起红波
柳浪闻莺声渐高
双峰插云连天宇
南屏钟声情未了

断桥残雪望无垠
巍巍雷峰映夕照
举世无双西湖景
天下杭州难言妙

皇城相府

一座皇城落太行
午亭山村紫气扬
相府民居同源本
德高胜似书华章

闭户读书悟真谛
砥德砺志乐永康
字如烟海入典籍
千古秋月胸中装

科甲兴盛赖勤勉
冠盖如林中道庄
御笔饱蘸沁河水
功勋辉映陈大相

河山楼前赞盛世

藏兵洞中论攻防

喜看今日铁拳在

歌舞升平奔小康

著者按：皇城相府是山西一处古老的城堡式建筑群，典型的明清官宦巨宅、宰相府第。建于500多年前的明宣德年间，于清康熙年间形成了现在的格局，是清康熙年间文渊阁大学士兼吏部尚书陈廷敬的故居。陈廷敬，字子端，号说岩，晚号午亭。自幼才华横溢，20岁中进士，入翰林，后成为康熙皇帝的重臣，为康熙皇帝的文治武功建立了不可磨灭的功勋，是著名的文学家、史学家和理学家。

云台山

暮春晨起赴云台
仰天举目雾霭开
红石峡谷二十亿
温盘美景世间开

子房湖畔功名淡
试心石前乐开怀
小寨沟里乾坤大
壁挡龙凤三百载

登峰方见目光远
谷深飞桥驾天外
秀幽雄险第一景
泉瀑深潭见精彩

人生犹如盘山道
崎岖迂回见高矮
年深日久情自厚
风雨冰霜春常在

著者按：云台山位于河南省修武县境内，是集世界地质公园和六个国字号（国家重点风景名胜区、国家AAAA级旅游区、国家地质公园、国家森林公园、国家水利风景区、国家级猕猴自然保护区）于一体的风景名胜区，因山势险峻，峰壑之间常年云锁雾绕而得名。景区内的红石峡地质地貌形成于10亿至20亿年前。子房湖，因汉代张良（字子房）帮助刘邦成就大业后隐退到此而得名。试心石，为民间传说测试婚恋男女的真心真意之用，是悬崖半空一石块。龙凤壁，为云台山核心景区奇观，两条瀑布相对而下，宛若一龙一凤，此景观形成后即被一面石壁阻隔达近300年。

看兰州

朝辞泉城旭日升
驰骋千里赴金城
飞跨中原心胸阔
春阳依然照长空

西域重镇望三巡
日新月异酿美景
楼高街净彩云飞
大河流淌人间情

著者按：兰州亦称金城，古丝路重镇，有2 000多年的历史。这里山环水绕，四季分明，北国之雄与江南之秀集于一身，黄河穿城而过，仁寿山、五泉山、白塔山临水而立，与城区高楼大厦交相辉映，立体交通织成祖国西北枢纽。抵达时正值早春时节，万物萌动，街巷之间，车水马龙，一派大城商埠气派，故有感而作。

过西安

秦都古城越千年
天下之中看原点
高墙钟楼筑奇景
碑林浩浩成大观

兵俑战阵驰疆场
雁塔层层纳经卷
长恨歌里绎大爱
更有骊山地涌泉

正宗莫如羊肉泡
七彩人生臊子面
渭水日夜送醇酿
诱人美食香岭南

万千瑰宝汇此地
博物采风集一馆
背负青天朝下望
大唐芙蓉展画卷

著者按：西安，古称长安。历史上有周、秦、汉、隋、唐等13个朝代在这里建都，有世界四大古都之称，是中华文明的发祥地，丝绸之路的起点。这里秦岭横卧，渭河奔涌，文化厚重，古迹众多。

嘉峪关

大漠银蛇舞祁连
十里廊道筑雄关
丝路花雨织商埠
钥锁边陲阻狼烟

柔和门上思重任
左公柳下念先贤
万古风云心胸装
千里要塞固中原

白云翻飞思远古
繁星闪烁忆当年
建家可学九眼泉
理政莫忘一块砖

天下雄关起新城
惠民利民扬征帆
喜看今日春潮涌
文明花开神州灿

著者按：嘉峪关，位于祁连山与黑山之间千里河西走廊最狭窄地段之一，古丝路与古长城在这里交汇，是明代长城中保存最完整的一座关隘。这里大漠戈壁，雪山连绵，楼宇雄伟，重关叠嶂，驼铃声响，风景如画，是举世闻名的旅游胜地，全国重点文物保护单位。

豫博观感

千年瑰宝群星璨
一馆春秋世人览
秦砖汉瓦耀远古
安邦定鼎在中原

制礼作乐响西周
逐鹿争鸣后世传
有容乃大汉晋风
盛世隋唐连宋元

莲鹤方壶望云天
陶鼎骨笛石磨盘
钧瓷琉璃出万彩
金缕玉衣度流年

九曲黄河酿美酒
日光月影照万山
古都新城披盛装
泱泱大国绘新颜

著者按：豫博即河南博物院，1927 年建于开封市，1961 年迁至郑州市，占地面积 10 万平方米，建筑面积近 8 万平方米，陈列文物精品 5 000 余件，反映了中原地区的悠久历史和厚重文化。

永城印象

大汉兴盛起芒砀
披荆斩蛇义旗扬
能工巧匠筑王陵
“四神云气”越敦煌

造律台前宜自省
以古喻今岁月长
吃水莫忘掘井时
世代铭记陈官庄

林茂地绿城宜居
良田沃野面飘香
日月湖畔人康寿
神火永煤献能量

诗词歌赋抒壮志
文明城里话百强
永争一流绘宏图
众志成城谱华章

著者按：永城是汉兴之地，刘邦于秦朝末年在此斩蛇起义，开创了大汉王朝400年帝业。这里古迹众多，梁共王陵内四神云气壁画，比敦煌莫高窟壁画还早600多年。造律台，系我国最早法律文本形成之地。陈官庄战役，淮海战役的决战一役，解放军歼敌26万，大获全胜。永城还有能源之都、面粉之城的美誉，地下储煤量在51亿吨以上，是全国七大煤化工基地，拥有永煤、神火两大中国500强企业。先后荣获全国文明城、双拥模范城，以及国家园林城、卫生城，中华诗词之乡、书法之乡等称号。

洪洞看树

自幼常忆大槐树
情丝浓浓绕齐鲁
疾行千里霍山下
手挽汾水寻根祖

尊尊石塑话别离
满墙雕出相思苦
古道热肠连南北
岁月如歌绘宏图

千年古槐魂犹在
十八省区联姻属
莫问当年秋风劲
而今处处是故土

著者按：山西省洪洞县是山西人口第一大县，大槐树寻根祭祖园是明代迁民遗址，有4万平方米，园内千年古槐众人景仰。据介绍，在明洪武年之后的半个世纪里，人口密集的洪洞共向18个省区移民百余万人，起到了均衡分布、优化种族、充实四方、强边固防的作用。如今，这里常年游人如织，四季香雾缭绕，成为全国唯一以寻根问祖为主题的著名景区。

钧瓷气象

中原初冬意气爽
大地镶金映暖阳
七里长街神垕镇
乐看钧瓷炉火旺

入窑一色土泥身
出窑万彩放光芒
天下名士竞叹咏
呼吸千载普华章

著者按：全国历史文化名镇——河南省禹州市神垕镇，夏商时代就有人类活动的记载。自唐代烧制钧瓷以来，逐步发展成我国北方陶瓷中心，千百年来持续不断，有“活着的古镇”之美誉。钧瓷是当地特产，是中国地理标志产品。钧瓷始于唐、盛于宋，是中国古代五大名瓷之一，以其独特的釉料及烧成方法产生的窑变神奇而闻名于世。“入窑一色”“出窑万彩”描绘了钧瓷烧制窑变过程的魅力。民间流传已久的“家有万贯不如钧瓷一片”的民谚，说的是钧瓷的珍贵，亦指天下没有两件同样的钧瓷之神奇。

乔家大院

晋中福地汾河湾
得天独厚贯北南
雄才大略乔致庸
六代族谱家业显

自古创客多磨难
乔家大院有洞天
修身齐家泽众民
诚信义和气象千

万古铁律铭心胸
顺势而为舞翩跹
拓市用人学问大
抢抓机遇善冒险

岁月更迭人易老
雕梁画栋有积淀
古为今用常体悟
久久为功成大观

著者按：山西省祁县的乔家大院，规模宏大，结构精巧，由6座大院、313间房屋和若干更楼阁楼组成，占地2万多平方米。院内“古风”“福种琅嬛”“为善最乐”“身备六行”“丹枫阁”等牌匾，显露出尊贵之气和儒雅之风。在这里可以品味晋商创业之道、民族文化之风、世事变幻之谜，给参观者许多启迪。

平遥古城

一座古城势如虹
青石青瓦出明清
深巷大宅细雕琢
票号林立话金融

县署布设巧又精
爱民亲民有躬行
千家万户看烟火
登堂攀楼勤观风

镖局强悍伸正义
店铺林立生意兴
七行八作聚闹市
天南地北汇群英

喜看神州面貌美
古城新城相辉映
事在人为创大业
心血汗水谋共赢

著者按：山西省平遥古城位于晋中平原，始建于周宣王时期，明洪武三年（1370 年）扩建，距今已有 2 700 多年的历史。古城有四大街、八小街、七十二巷，是汉民族城市在明清时期的杰出范例，被称为“保存最为完好的古城”。平遥还是以整座古城申报世界文化遗产获得成功的范例，为人们展示了一幅非同寻常的文化、社会、经济及宗教发展的完整画卷。

霍州署

隋末中郎府军行
唐时帅园尉迟恭
元代曾为行宫处
重修扩建在明清

千年古衙廉生威
华夏首倡公生明
曹端十载盼吏廉
乡野叹服亲民翁

国之瑰宝风韵在
霍山霍州有霍姓
丰碑一座映汾水
为官悟道在晋中

著者按：山西省霍州市的霍州府，原为隋末中郎将宋老生的军中幕府，唐时为尉迟恭的帅府行辕，元代曾做国王行宫，明清两代重修扩建，是全国保护最完整的古代州级衙门，与故宫、保定直隶总督府、内乡县衙共同构成了我国从中央到地方四级古代官衙体系。霍州府系全国重点文物保护单位，有重要的研究、观赏价值。

晋国博物馆

西周诸侯有晋国
盛于春秋筑城郭
称霸中原一甲子
六百春秋如长河

叔虞封唐载史册
文公称霸尽显赫
迁都新田成旧事
三家分晋在曲沃

回望晋侯排战阵
真车活马王威阔
万千器具若显灵
俱夸民众善劳作

历揽前朝风云起
兴衰成败任凭说
近观尘封如长卷
期盼今人有收获

著者按：山西省临汾市曲沃县境内的晋国博物馆，是我国目前第一座晋文化专题博物馆，是在全国重点文物保护单位“曲村——天马遗址”基础上修建的，博物馆拥有商周时期最大车马坑（比秦始皇陵车马坑早600年），于2014年10月正式开放，揭开了晋文化考古的新篇章。

尧庙访古

尧王千载立始祖
天下之中功业铸
禅让赢得贤吏聚
堂前竖起“诽谤木”

素衣遮身食果腹
首辟洞房引花烛
掘井不止涌甘泉
奏响晨钟与暮鼓

起凤楼上勤议事

心平气顺察疾苦

“民无能名”夫称颂

政通人和祥云出

著者按：山西省尧庙是后人为纪念尧、舜、禹三圣而修建，位于临汾市秦蜀路南端，为省级重点文物保护单位。尧庙始建于晋代，后经唐、元、明、清历代修建，不断扩大，现占地5.33公顷。尧是人文始祖，他的突出贡献有：大力发展经济，形成百国朝中的局面，建立国家政治制度，为奴隶制国家的产生奠定了基础；在议事厅堂之前立“诽谤木”（类似现在的意见箱），广纳民谏；践行禅让制，让位于舜，留下开明的形象和口碑。

苍儿会随想

长白的青山
八闽的绿树
眼前升腾起
黄山的云雾

三亚的清风
吹拂内蒙古的草木
济南的泉水
流淌在林芝的山谷

古田的长廊
南疆的游牧
藏地的格桑花
染红了浅浅的滩涂

山间的木耳
为赞美的话语折服
岭南的松林里
长出了东北的蘑菇

文水的儿女啊

顶天立地

苍儿会的品牌

出神脱俗

太行的巍峨

吕梁的风骨

汾河酿成的佳酿

绘成二晋绝美的画图

著者按：山西省文水县苍儿会景区，位于崇山峻岭之间，蓝天白云之下，诗情画意之中。这里溢青滴翠，绿浪奔涌，起伏蜿蜒，鸟语花香，即使炎炎夏日亦凉风习习，当华东华南地区还在35~40摄氏度高温时，这里竟然在20摄氏度上下，夜晚睡觉需加衣盖被，胜似凉秋，因而有避暑胜地、康养福地、研学高地之美誉。这样一个世外桃源般的所在，却可以大致观赏体验到大半个中国所拥有的景致。

张家口巡礼

闻名天下立雄关
大境门[1]前好河山
三峰[2]拱卫成佳景
清水[3]潺潺越千年

都统署[4]内看吏治
八角台[5]上望烽烟
张车大道辙印深
犹闻当年车马喧

茶马交易有旺铺
游牧农耕心手连

京都屏障[6]今犹在

长城连绵成大观

因武而建城池阔

由商而兴平台宽

邀来宾朋赏冬雪[7]

五湖四海美名传

著者按：①大境门，位于张家口市明代长城的张车大道起点处，与嘉峪关、山海关、居庸关并称为长城四大关隘。②三峰，即围绕大境门的三座山。群山环绕，天赐险关。③清水河，有张家口市母亲河之称。④都统署，察哈尔都统署。建于清乾隆年间，居今 250 多年，为全国唯一保存完好的都统署，全国重点文物。⑤八角台，位于市区西南赐儿山之上，为制高点。登高望远，市区全貌尽收眼底。⑥张家口市地理位置极其重要，有京都屏障之称，有长城博物馆之美誉。⑦张家口承办 2022 年世界冬奥会冰雪比赛项目，充分展示其独特魅力。

青城走笔

草原明珠放异彩
伫立天地四百载
三十亿年光与影
博物院里说由来

红色之子乌兰夫
开国上将民拥戴
六十五年革命史
光照华夏一园开

山环水绕景色美
楼宇绿树比高矮
好友手指街道旁
青城驿站惹人爱

烧卖飘香食材优
最是难忘烤羊排
青葱如丝也叫座
回味无穷大面片

著者按：在呼和浩特市参观内蒙古博物院和乌兰夫纪念馆，感受到北疆明珠、草原之城的独特魅力和风土人情。呼市城区建设疏密有度，供人歇息的“青城驿站”是一大亮点，展示出文明创建的高度。

山青世界

声名远扬山青园
人称齐鲁小延安
北依泉城人气旺
南有泰山相连绵

四方美景齐献瑞
八方来客笑开颜
学子成长大熔炉
踏过足迹八百万

铸魂固本眼界阔
强身健体走泥丸
砺志不畏荆棘路
红色基因代代传

千亩营地千页书
万种花木如观园
笑迎风雨培壮苗
铮铮铁骨挑重担

花果山感怀

云台玉女峰①为巅
仙山琼楼宫三元②
金猴奋起映佳境
僧众矢志美名传③

照海亭④下聚兵将
石鼓⑤声声震海天
古洞⑥帘卷凭雨云
金镶玉竹⑦赖勤勉

一岭四季胸自阔
浪涛翻飞眼底间
沧海桑田转瞬事
花果万古饰人寰

著者按: ①江苏连云港境内的云台山脉绵延150多公里，花果山上的玉女峰为江苏省境内最高山峰。②指花果山上最大的古建筑群三元宫。③1938年日军轰炸花果山时，众僧坚决抵抗、保护文物，留下美名。④照海亭，取临大海的意思。亭为两层，亭下又是一个多通道的大洞，人称海天洞。⑤照海亭左下方有一块1921年的刻石“云天深处”。就在这块刻石的正下方，有一面小石鼓，当地群众把叫它“聚将鼓”。传说当年孙悟空到天上去当了几年弼马温，洞中方七日，世上几千年，待孙悟空返回花果山，发现他的猴子猴孙、猴兵猴将被七十二洞的妖魔打得四分五裂。孙悟空敲起这面石鼓，集子孙、聚兵将，重整猴军，因此人们就把这面石鼓叫聚将鼓。⑥指水帘洞。⑦走出三元大殿西院门，依山径踏步上行，我们可以到达三元宫的另一附属建筑——屏竹禅院。充作禅院围屏的丛竹品种繁多，最为名贵的要数金镶玉竹了。这种竹每一节圆拱的一面都是金黄色的，而凹进去的一条又都是碧绿的，这样就形成了“黄金镶碧玉”这一观赏名竹。

礼赞济西

大美泉城风物饶
济西湿地展新貌
三河一江水交融
玉清湖畔养虾稻

千种品牌惠民生
万顷生态有格调
清风送爽满目翠
绿树掩映藏飞鸟

红色文化显魅力
研学农耕人如潮
纷至沓来景色壮
没有围墙大学校

全国劳模讲科普
年轻骨干学历高
出彩团队创伟业
战旗永随党旗飘

武大赏樱

春分前夕武昌行
伴着旭日喜赏樱
长桥快路视界阔
天幕曙光现彩虹

珞珈山麓叶吐翠
东湖岸边树倒影
百年名校成花海
铺天盖地织佳景

远观满树吐芳菲
近看枝条似红杏
偶遇花瓣风飘落
装扮沃土亦染红

一路花香人自醉
惊叹世间意朦胧
摄取樱树立存照
一年四季有花丛

去岁今日难回首
万众挽手战疫情
古城新貌世人赞
决战决胜有群英

梅雨洗心润肺腑
心有阳光正气充
黄鹤展翅传喜讯
长江歌罢掉头东

著者按：2021 年 3 月 15 日，早晨 6 点半从所入住的饭店出发，去位于武昌区的百年名校——武汉大学观赏樱花，巧遇盛花期，恰逢不下雨，拍照留影，登高望远，不亦乐乎。

秋游兰亭

天爽好个秋
兰亭行初游
山水展画卷
美景不胜收

东晋王羲之
挥毫论方遒
早春天地新
人生一纸透

茂林修竹里
开怀酩黄酒
慨叹心潮起
笔墨书平流

心大藏风云

眼阔装宇宙

转瞬千百载

妙语动全球

著者按：浙江省绍兴市郊区会稽山下的兰亭公园风景区，山环水绕，茂林修竹，景色优美，有1600年的历史。依次观瞻各亭台遗址，漫步书法博物馆之内，不禁让人心潮起伏。景区以东晋时期王羲之在此写下《兰亭集序》最为著名。王羲之系山东临沂人，曾任宁远将军、江州刺史，有“书圣”之称。名篇《兰亭集序》共28行，324字，主要记述了兰亭周围的山水之美和名士的相聚之乐，达到了书法绝、句式巧、意境佳、格局大的完美统一，深得皇家贵族和黎民百姓的喜爱，被后世推崇为“天下第一法帖”。

官庄新貌

良田沃野越千顷
大树小禾数万宗
阳春引来徐河水
满目翠绿显峥嵘

东邻高铁通四海
南近机场牡丹红
西有雷泽古寺美
北望唐塔照古城

致富幸有领头雁
村民勤劳产业兴
厂区建在家门口
质量品牌留美名

汗水铺就小康路
新房新屋新街景
创业育人结硕果
强国兴军有群英

动车颂（外一首）

华夏大地架彩虹
钢铁巨龙动若风
贴地疾驰两千里
暖阳依依照长空

朝辞塞北雪花舞
夕见岭南草木葱
才捧东海浪花美
又抒大漠边关情

四万里路云和月
小小车厢春潮涌
路遥难阻情相聚
十亿亲人路上行

京沪线

千里京沪线
一日可往返
朝饮浦江水
午享京华餐

三大直辖市
巧妙一线穿
数亿人来往
四省有站点

古语说得好
人是活神仙
脚踏地上飞
美景皆可观

时而开阔地
时而现峰峦
平湖似明镜
白云飘窗前

车厢飘温馨
夏凉冬亦暖
办公设施齐
世界指掌间

区域大合作
海陆空域联
改革迸活力
开放谱新篇

著者按：飞驰的高铁动车组，在美如彩虹的线路上疾驰，改变了人们的时空观念和生活方式，一天之间可从南到北、从东到西走一回。我国高铁线路长度居世界第一，仅春运即可运送旅客近10亿人次。乘高铁西进南下，体验贴地飞行，惊叹中国高铁发展之神速。京沪高铁是我国八纵八横高铁主通道的重要组成部分，纵贯北京、天津、上海三大直辖市和冀鲁皖苏四省，连接环渤海和长三角两大经济区，为四省三市近4亿人口拉近了时空距离，让人感受到非同一般的中国速度。

后　　记

在庆祝中国共产党成立100周年的日子里，诗集《心中的歌》正式出版发行。这是对伟大的党、军队和人民的深情礼赞，对新时代美好生活的放声歌唱。

诗集付梓，得到省市机关领导及部队老领导的热情鼓励，得到中华诗词学会、山东诗词学会、山东省革命老区建设促进会、山东孙子研究会、山东演讲学会、山东省水浒文化交流中心等单位领导和专家的帮助与支持。

诗集成书，也是各方智慧的结晶。这期间，李文朝将军为诗集欣然作序，陈吉涛先生精心策划，李啸闻博士品评指导。张丰、缪峰、黄超等知名人士热诚筹划支持座谈朗诵活动。李健之、王照亮、王建勇、秦冲、李良凯同志在文图收集整理中付出辛勤劳动。在此，表示诚挚的感谢！

张松江

图书在版编目（CIP）数据

心中的歌 / 张振江著. —济南：济南出版社，2021.6
ISBN 978-7-5488-4672-7

Ⅰ. ①心… Ⅱ. ①张… Ⅲ. ①诗集–中国–当代
Ⅳ. ①I227

中国版本图书馆CIP数据核字(2021)第089136号

出 版 人：崔 刚
图书策划：陈吉涛
责任编辑：蓝双秀 孟凡彩
封面设计：张 金
出版发行：济南出版社
地　　址：济南市市中区二环南路 1 号　250002
邮　　箱：35046852@qq.com
印 刷 者：济南新先锋彩印有限公司
经 销 者：各地新华书店
成品尺寸：165 mm × 230 mm 1/16
印　　张：12.5
字　　数：118千字
印　　数：1—8 000册
出版时间：2021年6月第1版
印刷时间：2021年6月第1次印刷
书　　号：ISBN 978-7-5488-4672-7
定　　价：66.00元